LA

BEAUTÉ,

O D E.

LA BEAUTÉ,

O D E,

DEDIÉE AU BEAU SEXE.

À PARIS;

De l'Imprimerie de PRAULT pere, Quai
de Gêvres au Paradis.

M. D C C. L I V.

Avec Approbation & Permiſſion.

EPITRE,
AU BEAU SEXE.

 E AU SEXE, recevez ce tribut de
mon zéle,
De l'Univers entier je suis l'Echo fidele.
De mon hardi projet je connois le danger :
Mais j'ose dans la lice entrer en téméraire,
Toujours trop assuré de plaire,
Si vous daignez me proteger :
Qu'il est doux d'entreprendre une cause si chere !
J'admire moins en vous un éclat passager,
Que les talens heureux des Filles du Genie,
Compagnes de MINERVE & Sœurs de POLHIMNIE;
Tout céde à leurs atraits vainqueurs.
La Beauté passe & fuit, inconstante & volage,
Et toujours plus brillant, l'Esprit croît avec l'âge;

C'est un présent des Dieux, c'est le charme des cœurs,
   C'est l'ornement de la Jeunesse,
Il préte à la Beauté les plus vives couleurs :
   C'est le soutien de la Vieillesse,
C'est le Guide qui méne à l'Immortalité ;
Ses feux impétueux sont vos plus fortes armes,
Et vous réünissez, BEAU SEXE, tous les charmes,
   L'Esprit, les Arts & la Beauté.

LA
BEAUTÉ,

O D E.

OI dont le vif éclat enchante
Les Mortels, les Héros, les Dieux;
De tes appas, BEAUTÉ touchante,
Orne mes sons harmonieux;
C'eſt toi que je chante, ô Déeſſe,
Deſcens avec cette nobleſſe
Dont tu ſçais embellir tes traits;
Telle que parut CYTERÉE,
Quand de ris, de graces parée,
Elle obtint le prix des attraits.

Que vois-je ? Quelle audace excite
Les Héros qui portent tes fers !
Ils osent passer le Cocyte ,
Et bravent le feu des Enfers ;
Épris de l'amoureux délire,
ORPHÉE attendrit , charme , attire
Les Rochers, les Flots , les Forêts ;
O prodiges plus mémorables !
Du Styx les Dieux inexorables
Sont sensibles à ses regrets !

Quelle étrange métamorphose !
JUPITER est Cigne & Taureau,
Le Dieu des combats se repose ,
HERCULE tourne le fuseau ;
Près d'une aimable Enchanteresse
JASON dort , au sein de l'yvresse :
L'Homme a surmonté le Héros ;
PHŒBUS dont la marche féconde
Eclaire & ranime le Monde ,
Soupire & pousse des sanglots !

[7.]

ÉGLÉ de fa couche s'élance,
Quelle fraicheur & que d'appas !
De la Rofe elle a l'excellence,
Et les Lys naiffent fous fes pas ;
Ses fimples attraits font fes armes,
Son front, paré de mille charmes,
Brille fans le fecours de l'Art ;
Elle eft timide & languiffante,
Mais fa langueur eft plus puiffante
Que les ornemens & le fard.

Elle eft efclave de l'ufage,
Paroiffez, Effences, Couleurs ;
Que le Corail, fur fon vifage,
Succede à la Reine des Fleurs ;
Vous, Nimphe, à lui plaire attentive,
Vous par qui la boucle captive
Fléchit fous le Fer & le Feu ;
Répandez dans fa chevelure
Des Cieux la brillante parure,
Et des Flots l'agréable jeu,

PARURE.

Telle l'Aurore matinale,
S'élevant du fein de THETIS,
Se pare, pour fon cher CEPHALE,
De fes plus fuperbes Rubis ;
Telle, & plus éclatante encore,
Ma belle Amante fe décore
D'un majeftueux vêtement,
Où le Goût, Flore & l'Opulence
Répandent avec élegance
L'Or, l'Émail & le Diamant.

CERCLE.

Ainfi, magnifique & brillante,
Elle entre en un Cercle pompeux,
Avec la Troupe raviffante
Des Plaifirs, des Ris & des Jeux ;
Que de décence & de nobleffe !
Que d'art ! Que de délicateffe !
Dans fes yeux tu fuis, tendre Amour,
Où ton éloquent badinage
Exprime le difcret langage
D'un Dieu qui craint l'éclat du jour.

J'entre avec EGLÉ fur la Scene ;   *TRAGEDIE.*
Où , les yeux noyés dans les pleurs,
La gémiffante MELPOMENE
Me pénétre de fes malheurs ;
Tantôt innocente & fidelle,
Et tantôt perfide & cruelle,
Toujours dans la route du cœur :
Elle m'infpire fa trifteffe ,
Les mouvemens de fa tendreffe ,
Ou les tranfports de fa fureur.

Quelle eft cette Mufe charmante   *COMEDIE.*
Qui vient foulager mes douleurs ?
Les Ris la portent triomphante
Sur un Trône femé de fleurs.
LISETTE ingénieufe & vive,
Se jouant d'une ame naïve,
Arrache fon tendre fecret;
Elle querelle, follicite :
L'Agnès rougit, pleure, s'irrite,
Soupire, enfin parle à regret.

DANSE.

L'aimable & vive THERPSICORE,
Effleurant l'herbe des gafons,
Fuit, revient, difparoît encore,
Active ou lente au gré des fons;
Tel ZEPHIRE leger voltige,
Ou tel un feu, que l'art dirige,
Part & s'élance dans les airs;
La troupe riante des Graces,
Et l'Elegance fur fes traces,
Enfantent mille jeux divers.

REPAS ET
CHANT.

COMUS, d'un banquet délectable
M'offre les fomptueux apprêts;
Ah! Que mon Amante adorable
Y répand de grace & d'attraits!
Sa vivacité m'éguillonne,
La voûte du Salon réfonne
De fes accens mélodieux;
Je la vois, l'entens & l'admire,
Et dans mon raviffant délire
Je bois à la coupe des Dieux.

Que de plaifirs l'Amour m'apprête !
Loin du tumulte & des jaloux,
Chere EGLÉ, dans un tête-à-tête,
Je puis tomber à tes genoux ;
J'expofe ma perfévérance,
Tes beaux yeux calment ma fouffrance,
Par un regard doux & charmant ;
Tendre interprete de ton ame,
Un foupir échape à ta flâme,
Eh, quel foupir pour un Amant !

Qu'entens-je, BEAUTÉ, quelle audace...
Mais quels fons heureux & flateurs !
Aux chants des Nimphes du Parnaffe
Tu joins tes accords enchanteurs.
Je te vois Amante terrible,
Amazône (a) fiere & fenfible,
Captiver les cœurs attendris ;
Ou Mufe (b) élegante & badine,
Careffer la Troupe enfantine
Des Amours, des Jeux & des Ris.

(a) Tragédie de Madame du Bocage.
(b) Madame Deshoulieres. Madame Grafini.

Timides Enfans de mon zele,
De ma flâme & de mes loisirs,
Mes Vers, d'une palme immortelle
Ornez la Beauté, mes plaisirs......
Mais que vois-je ? L'Olimpe s'ouvre,
O ma Déesse, je découvre
L'Amour qui te va couronner....
Je tombe à tes pieds...Quel hommage!
Tous les charmes font ton partage,
Et je n'ai qu'un cœur à donner.

F I N

[13]

Lû & approuvé ce 6 Décembre **1753.** CREBILLON.

Vû l'Approbation, permis d'imprimer à la charge d'enregiſtrement à la Chambre Syndicale, ce 10 Décembre 1753. BERRYER.

Regiſtré ſur le Livre de la Communauté des Libraires & Imprimeurs de Paris, N°. 0000 conformément aux Réglemens, & notamment à l'Arrêt du Conſeil du 10 Juillet **1745.** *A Paris ce* 00 *Décembre* **1753.**
DIDOT, *Syndic.*

www.ingramcontent.com/pod-product-compliance
Lightning Source LLC
Chambersburg PA
CBHW061427170626
46811CB00005B/2163